Coqueiro

Ortografia atualizada

*Copyright © 2013, Editora WMF Martins Fontes Ltda.,
São Paulo, para a presente edição.*

1ª edição *2013*

Coordenação editorial
Fabiana Werneck Barcinski

Acompanhamento editorial
Helena Guimarães Bittencourt

Equipe Pindorama
Alice Lutz
Susana Campos

Agradecimento especial
Luciane Melo

Preparação
Ana Caperuto

Revisões gráficas
Luzia Aparecida dos Santos
Márcia Leme

Projeto gráfico
Márcio Koprowski

Produção gráfica
Geraldo Alves

Impressão e acabamento
Yangraf Gráfica e Editora Ltda.

Dados Internacionais de Catalogação na Publicação (CIP)
(Câmara Brasileira do Livro, SP, Brasil)

Barcinski, Fabiana Werneck
Coqueiro / texto adaptado por Fabiana Werneck Barcinski ; ilustrações de
Guazzelli. – São Paulo : Editora WMF Martins Fontes, 2013. – (Um pé de quê?)

"Coleção inspirada no programa de TV de Regina Casé e Estevão Ciavatta"
ISBN 978-85-7827-600-3

1. Literatura infantojuvenil I. Casé, Regina. II. Ciavatta, Estevão. III. Guazzelli.
IV. Título. V. Série.

12-08719	CDD-028.5

Índices para catálogo sistemático:
1. Literatura infantojuvenil 028.5
2. Literatura juvenil 028.5

Todos os direitos desta edição reservados à
Editora WMF Martins Fontes Ltda.
*Rua Prof. Laerte Ramos de Carvalho, 133   01325-030   São Paulo SP Brasil
Tel. (11) 3293.8150   Fax (11) 3101.1042
e-mail: info@wmfmartinsfontes.com.br   http://www.wmfmartinsfontes.com.br*

Coleção Inspirada no Programa de TV de
REGINA CASÉ E ESTEVÃO CIAVATTA

Coqueiro

ILUSTRAÇÕES DE GUAZZELLI

Texto adaptado por
FABIANA WERNECK BARCINSKI

Realizadores

SÃO PAULO 2013

Apresentação

Acho que não é à toa que toda vez que nos imaginamos numa ilha deserta colocamos nela pelo menos um coqueiro. É que nessa situação o coqueiro resolveria muitos dos nossos problemas. Pense só, ele dá sombra, água fresca, casa e comida e, ainda por cima, nos inspira a compor músicas.

Talvez por isso a origem dessa palmeira seja disputada "a tapa". Todo o mundo gosta de dizer que o coqueiro surgiu na sua terra, e é sobre isso que você vai ler neste volume da coleção "Um Pé de Quê?".

O coqueiro é tão nosso amigo, tão presente nas nossas férias, principalmente no Nordeste do Brasil, que fica difícil imaginar que ele não seja daqui, não é? Mais difícil ainda é acreditar que ele tenha chegado aqui nadando, vindo da Índia ou da África! Da América Central ainda vai, mas, puxa..., então o coco é um nadador olímpico!

E, por falar nisso, tomara que você viaje ainda mais que o coco com este livro, que ficou tão gostoso quanto um doce de coco, uma cocada, um quindim, um bom-bocado, um beijinho e todas as delícias que o coco trouxe para a vida da gente!

REGINA CASÉ

O coqueiro é conhecido por suas mil e uma utilidades. São mais de quarenta produtos derivados da palmeira, utilizados em diferentes setores. Por isso, podemos dizer que essa é uma das árvores mais indispensáveis do mundo.

Devido a sua ampla distribuição e a sua ancestralidade – sua idade estimada é de cerca de 11 milhões de anos –, até pouco tempo atrás se dizia que sua procedência era incerta.

Ocorrência natural

Ele poderia ser filipino, malaio, ter nascido na Índia, na Nova Zelândia, na América Central... E tenha certeza de que, em cada um desses lugares, você pode encontrar alguém que diga categoricamente: "o coqueiro é nosso!".

Na cultura indiana, por exemplo, o coqueiro é conhecido como "a árvore dos desejos satisfeitos" ou "a árvore que provê todas as necessidades da vida". Lá na Índia, o coqueiro, a mangueira e a bananeira são árvores sagradas.

O coqueiro é predominante entre as plantas de vegetação costeira nos trópicos.

O nome científico do coqueiro é *Cocos nucifera* e é provável que a sua origem seja a seguinte: o termo *cocos*, que denomina o gênero da palmeira, pode ter se originado da palavra "macaco", graças à aparência da casca do fruto, que, por causa dos três poros que tem em uma de suas extremidades, lembra a cara desse animal.
Já o termo *nucifera*, que, junto com o nome do gênero, indica a espécie, significa o que "produz noz", ou o que "tem noz ou amêndoa", e se refere à polpa do coco.

Coqueiro

Cocos nucifera

Altura	de 10 a 30 metros

Tronco	anelado e ereto, sem ramificações, com até 25 m de altura e 20 a 30 cm de diâmetro

Folhas	dispostas em tufos, que têm de 20 a 25 folhas grandes e pinadas, cada uma com até 6 m de comprimento

Flores	brancas ou amareladas

Frutos	drupas formadas por epicarpo ou epiderme lisa; mesocarpo, que é a parte fibrosa; endocarpo, que é a camada bem dura e mais escura; albúmen ou endosperma, que pode ser líquido, a "água de coco", ou sólido, a camada branca e carnosa, a parte comestível dos cocos. Cada fruto tem até 25 cm de comprimento e pesa 2 kg aproximadamente.

O alemão Carl von Martius (1794-1868), um dos naturalistas mais importantes do século XIX, relatou que, ao chegar à Ilha do Coco, no oceano Pacífico, na costa oeste da Costa Rica, não encontrou nenhum sinal de vida humana, mas, sim, grandes coqueirais no lado mais ao norte da ilha. Em seu álbum de gravuras *Genera et species Palmarum*, obra em três volumes que inclui paisagens brasileiras e tem qualidade gráfica espetacular, o *Cocos nucifera* também foi retratado.

Genera et Species Palmarum, 1823-1831
Carl Friedrich Philipp von Martius | Tipografia: Typ. Lentnerianis.
Gravura: tab. 73 *Dephothemium maritimum, Cocos nucifera e Attalea compta*
Acervo Itaú Unibanco S.A. | Foto Horst Merkel

Além do Nordeste do Brasil, por onde a corrente marítima que vem da África se desloca, não é possível encontrar nenhum coqueiral natural de beira de praia, isto é, um coqueiral que tenha se formado espontaneamente. Por isso existe a teoria de que o coqueiro não foi trazido para o Brasil por ninguém. Veio a nado!

O coco, que é o fruto do coqueiro e, portanto, carrega sua semente, pode boiar por mais de quarenta dias sem que a semente perca a capacidade de germinar, tempo suficiente para que atravesse o oceano Atlântico e chegue às praias brasileiras.

Observando o mapa de correntes oceânicas, podemos reparar que é possível que o coqueiro tenha feito a primeira viagem ao redor do mundo.

A Ilha do Coco fica exatamente onde passa a corrente equatorial sul do oceano Pacífico. Essa corrente pode ter levado o coco até a Melanésia.

Dali, ele pode ter seguido viagem pelas correntes equatoriais sul e norte em direção à Índia e à África, pegando, por fim, a corrente de Benguela e a corrente equatorial sul do oceano Atlântico, retornando, assim, a sua casa, a América Central.

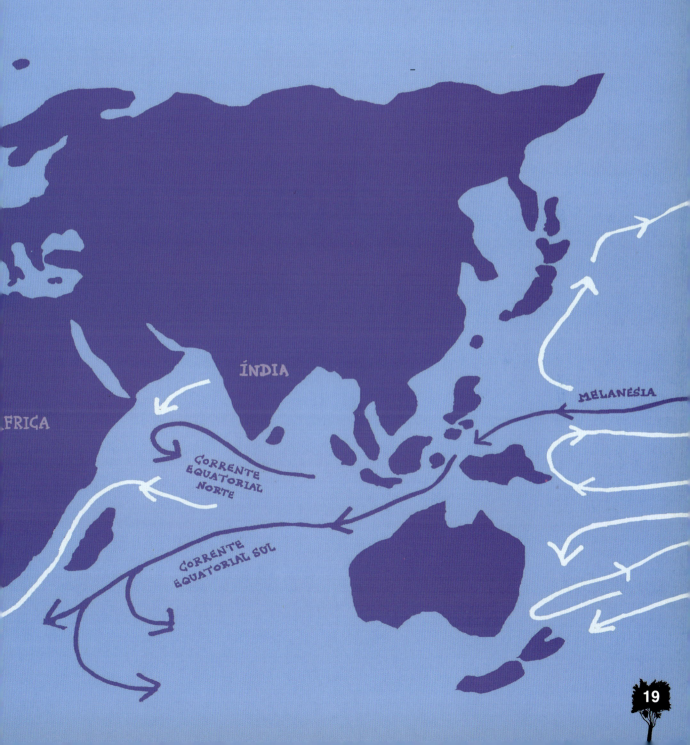

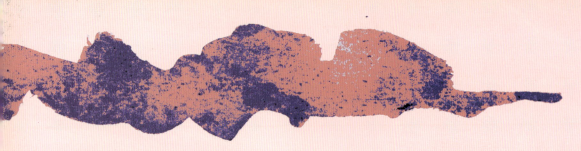

No Brasil, as primeiras referências a coqueiros aparecem no *Tratado descriptivo do Brasil em 1587*, de Gabriel Soares de Sousa: "*As palmeiras que dão os cocos se dão bem na Bahia, melhor que na Índia, porque metendo um coco debaixo da terra, a palmeira que dele nasce dá coco em cinco e seis anos, e na Índia não dão, estas plantas, frutos em vinte anos*" (Bondar, G. *A cultura do coqueiro no Brasil*. Rio de Janeiro: O Campo, 1939, vol. 10, n. 118, p. 17).

Segundo alguns historiadores, porém, o fato de todos os coqueirais nas paisagens do Brasil antigo – e os existentes até hoje – serem simétricos mostra que a palmeira também teria sido trazida para cá e plantada pelos colonizadores.

Isso quer dizer que, quando Cabral chegou aqui, em 1500, ele pode não ter avistado nenhum coqueiro no litoral, somente cajueiros.

Mocambos e coqueiros no cabo de Santo Agostinho, Pernambuco, c. 1875
MARC FERREZ | Coleção Gilberto Ferrez | Acervo Instituto Moreira Salles,
Rio de Janeiro

Existem registros de que, durante a ocupação holandesa em Pernambuco, no século XVII, Maurício de Nassau transplantou setecentos coqueiros já grandes para decorar os jardins do palácio que ele estava construindo.

Além de decorar, matar a sede e alimentar, o coqueiro ainda pode dar origem a uma grande variedade de produtos, o que o torna reconhecido como importante recurso vegetal para a humanidade. Por isso, ele é chamado de "boi-vegetal" em alguns países e de "árvore da vida" em outros. Tudo o que se tira dele é aproveitado.

Os africanos usam o coco em diversas situações, que vão desde a construção de casas até o uso como mote para canções. Mas eles o utilizam principalmente em suas receitas. Era comum, no Brasil do passado, encontrar pratos elaborados pelos africanos escravizados que tinham o coco como ingrediente, por exemplo o arroz de coco e o feijão de coco. Por isso, acredita-se que eles tenham transportado cocos nos porões dos navios que os trouxeram da África.

Uma planta de cultivo natural, pouco exigente em relação ao solo – tanto que germina facilmente nos solos pobres da costa –, o coqueiro é, do ponto de vista econômico, uma cultura extremamente importante. E, ao contrário de culturas temporárias, a comercialização do coco no Brasil pode ocorrer durante o ano inteiro, gerando um fluxo constante de receita ao produtor.

A sua exploração comercial é mais eficiente em países que tenham solos arenosos, bastante radiação solar, umidade e boa precipitação de chuva. Por causa da versatilidade e da fácil adaptabilidade da palmeira, seu cultivo é expressivo, e a importância disso se manifesta por meio do consumo dos mais variados produtos, tanto *in natura* como industrializados. Consta que 90% dos cultivos de coqueiros no mundo são mantidos por pequenos agricultores, em áreas de até 5 hectares.

Com o tronco do coqueiro pode-se fazer uma balsa ou uma casa. Com as folhas, pode-se cobrir a casa feita com os troncos... ou fazer cestinhas, esteiras, chapéus, adereços...

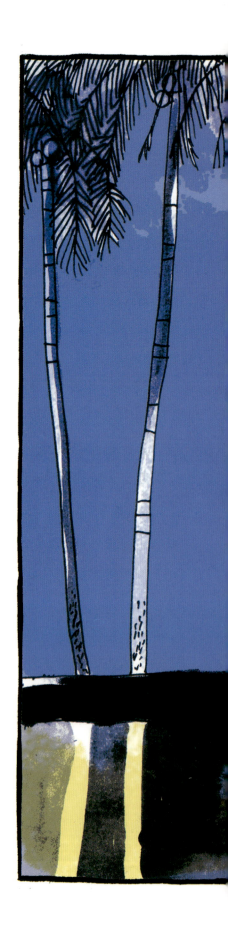

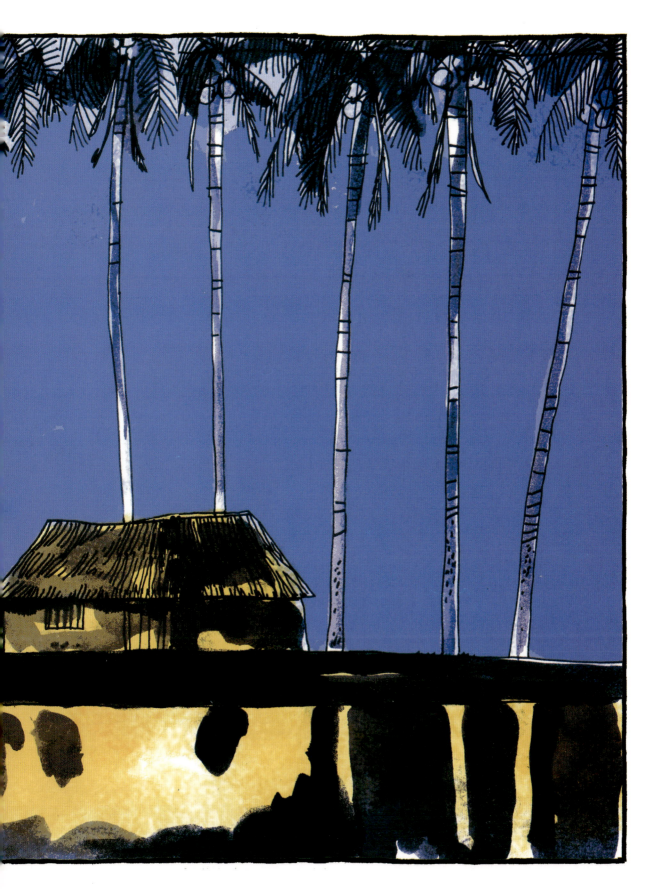

Com as raízes e as flores do coqueiro, pode-se fazer remédio. Da sua seiva, dá para tirar vinho, vinagre e açúcar. Com o óleo do coco, pode-se fazer cera, vela, sabão.

E o fruto dessa árvore tão útil não poderia deixar de ser fecundo. Dentro do coco, está o endosperma. Quando o coco é novo, ele é líquido, e pode ser bebido. Quando o coco amadurece, ele fica sólido, e pode ser comido, virar farinha ou ser usado para produzir leite de coco.

A estrutura que armazena o endosperma, o mesocarpo, é a porção fibrosa do coco, que dá ao fruto a capacidade de boiar. Essa parte do fruto tem alto valor comercial, porque é excelente

matéria-prima para fabricar cordas, tapetes, redes, vassouras, escovas... e até o enchimento do banco dos carros pode ser feito com isso.

Entre o mesocarpo e o endosperma, encontra-se o endocarpo, que fica bem rígido quando o fruto está maduro. Com essa parte bem durinha, pode-se fazer o famoso coquinho, instrumento musical adequado para o primeiro contato das crianças pequenas com a música.

Além de instrumentos musicais, o coqueiro também inspira a música popular brasileira, como em *Coqueiro de Itapoã*, *Palhas do Coqueiro* ou mesmo em *Água de Coco* (Pedro de Sá Pereira, 1928):

> *Água de coco até parece bruxaria, | No começo bebem pouco e depois em demasia.*
>
> *Água de coco, vejam bem tão leve assim, | Tão clarinha e branquinha é milagre do Bonfim.*
>
> *Ioiô, toma a cuia e vem beber, | E vem beber aqui,*
>
> *Ioiô, venha já provar coisa igual, | Coisa assim nunca vi.*
>
> *Água de coco mata a sede até de Deus, | Parece que vem dos céus.*

Segundo o botânico Harri Lorenzi, "recentes estudos moleculares usando 7 genes nucleares" comprovaram, "com suporte muito forte, a origem sul-americana do gênero há cerca de 35 milhões de anos".

O coqueiro é nosso!

Foto Fernando Srankuns/Samba Photo

Foto Estevão Ciavatta

Quando começamos a pesquisa para o programa "Um Pé de Quê?" sobre o coqueiro, ainda não havia uma posição definitiva a respeito da origem dessa árvore pancontinental. Lembro-me de ter lido que esse era um dos "abomináveis mistérios" da sistemática das palmeiras! O programa foi filmado em 2001, ainda no calor de um intenso debate que começou em 1886, quando A. de Candolle propôs a origem sul-americana do coqueiro. Em 1963, Odoardo Beccari, renomado especialista em palmeiras, trouxe uma nova visão, sugerindo a origem asiática da espécie, que teria surgido no Pacífico Sul. Harold Moore, botânico americano, em 1973, propôs a Melanésia como origem da espécie, e o inglês Hugh Harries, em 1978, foi o primeiro a propor a origem da palmeira a oeste do Pacífico. Mais tarde, porém, em 1995, o mesmo Harries mudou sua posição e sugeriu a Melásia (península Malaia, Indonésia, Filipinas e Nova Guiné) como local de origem do coqueiro. Desde então, a origem malasiana foi amplamente adotada pela maioria dos especialistas no gênero *cocos*, porque este seria, nos dias atuais, o centro de sua diversidade genética, onde está a maioria dos supostos "tipos selvagens" da espécie. Contudo, em 2004, o australiano Bee Gunn, com base em uma análise filogenética, propôs mais uma vez a origem sul-americana do coco. Recentemente foi confirmado, com embasamento científico, que os progenitores do coco nasceram mesmo na América do Sul, há cerca de 35 milhões de anos, apesar de o coco moderno, como o conhecemos hoje, ter uma idade estimada de cerca de 11 milhões de anos! É muita história...

ESTEVÃO CIAVATTA

REGINA CASÉ é premiada atriz e apresentadora com uma vitoriosa carreira, iniciada em 1974 com *Asdrúbal Trouxe o Trombone*, grupo de teatro que revolucionou não só a encenação brasileira, mas também o texto e a relação dos atores com a maneira de representar. Ela, no entanto, há muito tempo extrapolou em importância o ofício de atriz, para transitar no cenário cultural brasileiro como uma instigante cronista de seu tempo. Ainda no teatro, Regina se destacou nos anos 1990 com a peça *Nardja Zulpério*, que ficou 5 anos em cartaz. Teve ampla atuação no cinema, recebendo diversos prêmios nacionais e internacionais com o filme de Andrucha Waddington, *Eu, Tu, Eles*. Na televisão, Regina marcou a história em telenovelas com sua personagem Tina Pepper em *Cambalacho*, de Silvio de Abreu. Criou e apresentou diversos programas, como *TV Pirata, Programa Legal, Na Geral, Brasil Legal, Um Pé de Quê?, Minha Periferia, Central da Periferia*, entre outros. Versátil e comunicativa, é uma mestra do improviso, além de dominar naturalmente a arte de fazer rir.

ESTEVÃO CIAVATTA é diretor, roteirista, editor, fotógrafo de cinema e TV. É sócio-fundador da produtora Pindorama. Formado em 1993 no Curso de Cinema da Universidade Federal Fluminense/RJ, tem em seu currículo a direção de algumas centenas de programas para a televisão, como os premiados *Brasil Legal, Central da Periferia* e *Um Pé de Quê?*, além dos filmes *Nelson Sargento no Morro da Mangueira* – curta-metragem sobre o sambista Nelson Sargento –, *Polícia Mineira* – média-metragem em parceria com o Grupo Cultural AfroReggae e o Cesec – e *Programa Casé: o que a gente não inventa não existe* – documentário longa-metragem sobre a história do rádio e da televisão no Brasil.

ELOAR GUAZZELLI FILHO é ilustrador, quadrinista, diretor de arte para animação e *wap designer*. Além dos prêmios que ganhou como diretor de arte em diversos festivais de cinema, como os de Havana, Gramado e Brasília, foi premiado como ilustrador nos Salões de Humor de Porto Alegre, Piracicaba, Teresina, Santos e nas Bienais de Quadrinhos do Rio de Janeiro e de Belo Horizonte. Em 2006 ganhou o 3º Concurso Folha de Ilustração e Humor, do jornal *Folha de S.Paulo*. É mestre em Comunicação pela ECA (USP) e ilustrou diversos livros no Brasil e no exterior.

FABIANA WERNECK BARCINSKI é mestre em História Social da Cultura pela PUC-RJ, autora de ensaios e biografias de artistas visuais como Palatnik, José Resende e Ivan Serpa. Editora de diversos livros de arte, entre eles *Relâmpagos*, de Ferreira Gullar, e *Fotografias de um filme – Lavoura arcaica*, de Walter Carvalho. Em 2006, fundou o selo infantojuvenil Girafinha, do qual foi a editora responsável até dezembro de 2009, com 82 títulos lançados, alguns premiados pela FNLIJ e muitos selecionados por instituições públicas e privadas. Escreve roteiros para documentários de arte e é corroteirista dos longas-metragens *Não por acaso* (2007) e *Entre vales* (2013).